男の中の男

李滄東《イ・チャンドン》

吉川凪 訳

張 炳 万《チャン・ビョンマン》氏について語ろうとするならば、何としてもあの年の六月の「六月抗争」とも「民主化大闘争」[1]とも呼ばれる巨大な渦と熱気を思い浮かべないわけにはいかない。なぜなら私が張炳万氏と初めて会ったのは、まさにその年の六月のある日、俗に「鶏小屋」と呼ばれる警察の護送バスの中だったからである。

その年の六月のある日、と言ったが、もう少し詳しく言えば、それはかの有名な「六・一〇大会」を数日後に控えて街の雰囲気がひどく落ち着かない時期だったと記憶している。張炳万氏と私は、よりにもよって警察の護送バスの中で、それも私服警官によって無差別に浴びせられる足蹴りと拳骨の洗礼の中で出会ったのだから、まことに奇妙な因縁であると言えよう。ともあれ、彼と私が対面することになった状況が少し特殊なだけに、その前後の事情についても若干の説明を加えておく必要があるだろう。

私がデモ参加者として警察に強制連行されたのはその日の午後、明洞《ミョンドン》の入り口のコスモス百貨店付近だった。事は私がたまたま通りすがりに、大学生たちが奇襲デモを決行しようとしている場面を目撃したことに端を発している。その日の午後、百貨店の前の地下道を抜けようとしていた私は、何か異様な雰囲気を感じて立ち止まった。いつものように混雑する週末の明洞になぜか、ただならぬ緊張感のようなものが漂っていた。

まず目についたのは、大勢の人が歩みを止めて向かいのロッテ百貨店の方を眺めている光景だった。道の向こう側の百貨店の前は、週末の人出でにぎわっているだけで、一見、特に変わったこともなさそうだった。しかしさらに注意して見てみると、百貨店の建物の横に戦闘警察[2]の一団が並んでいるのが確かめられた。街で戦闘警察に出くわすのは、昔も今もちっとも珍しいことではないが、ほとんど一個中隊規模の警察が百貨店の前を警備していたり、人々が一様に首を突き出してその方を見つめていたりするのは、明らかに何か尋常ではない出来事の存在を物語っていた。

「何かあるんですか？」

半袖のワイシャツにネクタイをした三十代のサラリーマン風の男に尋ねてみたが、彼は警戒するような目で私をちらっと見て、「さあ」と言っただけだった。その時、私の真後ろから誰かの緊迫した声が聞こえてきた。

「市民の皆さん、七時ちょうどに学生たちがロッテ百貨店前で、独裁打倒のための街頭闘争を始める予定です。愛国市民の皆さんも参加して下さい。我々は共に立ち上がって、殺人拷問を行い民衆を弾圧する軍部ファッショの一党を打倒しましょう！」

振り向けば、声の主は子供っぽい顔の大学生だった。彼は顔には似合わず堂々とした声で煽動するように素早く呼びかけると、人々の間にさっと姿をくらました。私は時計を見た。もうすぐ七時になるところだった。

しかし私の見る限り、学生たちのデモの計画は既に失敗したのも同然だった。その奇襲デモの情報を入手した警察が、前もってデモ予定場所を占拠し、水も漏らさぬ警備態勢を取っていたから、いまどきの学生がいくら怖いもの知らずでも、デモのできる見込みはほとんどなかった。だが私は、その場をすぐに離れることができなかった。学生たちが果たして約束どおりその時間に現れるのか知りたかったし、人がこんなに集まっているのだから、ひょっとすると何か感動的で劇的な場面、たとえば大勢の市民が一斉にデモに参加するなどということが起こるかも知れないと、何となく期待していたのだ。それは、それこそ漠然としたむなしい期待に過ぎなかったが、しかし私はそんなものにでも、すがっていたかった。おそらくその場に集まっていた人々の大部分も、同じ気持ちだっただろうと思う。

どのくらい過ぎた頃だろうか。突然、人々がざわつき始めた。そして誰かが大声で叫んだ。

「おい、来たぞ！」

彼らが現れたのは、少し離れた、乙支路入口《ウルチロイプク》の四つ角のあたりだった。遠目にも、学生たちが車道の真ん中に飛び出し、こちらに向かって拳を突き上げながら、何かシュプレヒコールを叫んでいる姿を見ることができた。学生は四、五人に過ぎなかったが、通りをぎっしり埋めた人々の視線を集めるには充分だった。潮が満ちるように疾走していた車の列が、突然混乱に陥った。その瞬間、時計を見ると七時きっかりだった。学生たちは、警察のものものしい警備をものともせず、正確に時間を守って現れたのだ。

　ロッテ百貨店の前にずらりと並んでいた私服警察が、そちらに向かって突進してゆくのが見えた。すると、沿道に集まった市民たちの中から、揶揄するようなウーウーという叫び声が沸き起こり、続いて人々の間に混じっていた大学生たちが、率先して叫び始めた。

「護憲撤廃[3]、独裁打倒！」

　数人の市民たちが後についてシュプレヒコールを始め、声はすぐに拡がっていった。それは確かに以前には見られなかった光景だった。いわゆる善良で声なき多数が、ついに声を上げ始めたのだ。集団の中で、人々はいくらでも勇敢になることができた。彼らはお互いを盾にしながらシュプレヒコールを叫び、警察にヤジを飛ばした。そうしていて警察が近づいてくると、再び善良で声なき多数の中に紛れ込めばいいのだ。私もまた、そんな人々のうちの一人だった。市民たちの呼応が予想外に大きくなると、道の向こう側にいた警官たちが私たちの方に近づいてきた。ヘルメットをかぶり防毒マスクまでつけた私服警察だった。彼らが近くに来ると、学生たちはさっと姿を消し、一般市民たちもまたぞろぞろと後ろに下がったり、俺がいつシュプレヒコールを叫んだのだ、とでも言いたげな表情でシラを切って口をつぐんだ。私もまた、声なき善良な市民を装いつつ、彼らが早く通りすぎるのを待っていた。

その時だった。私の前を通りすぎるかと思われたその私服警官のうちの一人が、突然私の方を向くと、「こいつだ！」と大声を出して私の胸ぐらをつかんだ。おそらく道の向こうで私が手をたたいて大学生を応援しているのを見て、目をつけていたのに違いなかった。

「どうしてですか？　私が何をしたというんですか？」

私は当然抗議したが、彼らはそれにかまわず、道端に止めてあった警察バスの方に引きずるようにして連れていった。

「放して下さい。なぜ善良な市民を強制連行するんです？」

私は全身で抗いながら声を上げた。そして周囲の市民たちに、この納得しがたい、とんでもない状況を訴えようと見回したが、私の身体はすでに大きな図体の私服警官に取り囲まれて、視野が遮られていた。

「市民の皆さん、こんなことがあってよいものでしょうか？　法治国家で警察が無辜の市民をこんなふうに……」

それでも私は叫び続け、叫びながらも、自分のしている抵抗がまったく無駄であることを知っていた。「法治国家」だの「無辜の市民」だのという言葉が、自分の耳にすら幼稚で馬鹿馬鹿しく響いたほどだ。私が抵抗し続けると、数歩離れた所にいた別のヘルメットが突然、飛びかかるように走ってきて、靴で私の股間を容赦なく蹴り上げた。急所を強打された私はその瞬間、すさまじい苦痛とともに地面にぐったりとのびてしまった。

　後に、ある学生に聞いたことだが、急所を蹴るのはデモ参加者の逮捕を主な任務とする、いわゆる「白骨団」[4]の常套手段であるらしい。デモの現場で学生たちを捕まえる際、抵抗や逃亡を防ぐため、そんなふうにひとまず身体の最も鋭敏で脆弱な部分を蹴っておくというのだ。その言葉どおりであるとするならば、私の場合、その手段は実に効果的だった。私はそれ以上抵抗できなかっただけではなく、耐えがたい苦痛のため地面に半ばへたばったまま、もがくことしかできなかったのだから。続いて彼らの無慈悲な足蹴りと、拳骨の洗礼が浴びせられ始めた。彼らはみな黒い防毒マスクで顔を覆っており、二つのガラスの目や、鼻の下の部分に突き出たガス浄化筒などが、そのマスクを、まるで何かのカーニバルで使われる奇怪な仮面のように見せていた。そしてそれは実に、すべての残忍さ、すべての暴力と虐待が許容されるカーニバルだったのだ。

　私はそれ以上抗えないよう痛めつけられ、濡れ雑巾のように完全にのびてしまってから、ようやくバスに乗せられた。バスにはすでにたくさんの人が乗っていたが、見たところ、ほとんどが学生のようだった。

「頭を下げてろ！　顔を上げたら殺すぞ！」

人々はバスに乗り込むやいなや、彼らの指示どおりに頭を椅子の下に下げていなければならなかった。その状態で殴打は容赦なく続けられ、あちこちから骨と骨がぶつかりあう鈍い音と、苦痛に満ちた悲鳴が聞こえてきた。この場において殴られないためには、彼らの機嫌を損ねないのが得策だと判断した私は、言われたとおり椅子の下深く頭を下げた。その時だった。一人の男の顔が目に入ってきた。私の横に立った警官の脚の間を通して、通路の向こう側の席で、私と同じように組んだ両手を首の後ろに回して頭を下げている、一人の男と目が合った。

三十代後半ぐらいに見受けられるその男は、私と目が合うと、きまり悪そうに歯を見せてにやりとした。私も彼に笑って見せようと努力したが、うまく笑えなかった。それが張炳万氏だった。もちろん名前は後で知ったのであって、その時はひどく人が良さそうだということと、誰だか知らないが、運悪く引っ掛かったんだな、と思っただけだ。

「おい、人数を数えてみろ」

バスがそろそろと動き出すと、私服警官のうちの一人が前の方から叫んだ。

「二十二匹だ」

「二十五にして渡そうぜ」

残り三人を集めるために、「鶏小屋」はその近所をさらに回った。そしてその間、私たちはずっと頭を下げた状態で、彼らの拳骨と足蹴りに耐えなければならなかった。

「おい、よく聞け。お前ら、軍隊に行ったのか？　行ってないだろ？　だからデモなんかするんだ、このバカども。お前らみたいな奴らは、みんな休戦ラインに送って苦労させにゃならんのに、まったく！」

そんなふうだったから、私たちは、早く同じ運命の船に同乗してくれる三人を待つしかなかった。

ついに予定していた人数になると、私たちは市内にある某警察署に引き渡された。警察署の中庭に降ろされてから簡単な調査があり、連行された二十五名のうち、大学生でないのは私とさっきの男だけだということが分かった。私は、自分が解放されるチャンスは今しかないと判断した。

「あのう、ちょっといいですか」

警察のコンクリートの庭に膝をついたまま頭を下げている大学生たちの後ろで、私は手を上げた。責任者らしい、年輩の制服警官が顔をしかめた。

「何だ？」

「私は納得がいきません。何もしていないのに、ここに連れて来られたのですから」

私は彼に、自分は間違っても大学生ではないということ、また、デモもしなかったし、したがってこんな所に連行される理由は何一つない無辜の人間であるということを、さも無念そうな表情と声で主張した。しゃべりながらも私は、自分の言っていることに矛盾があることに、自分でも気づいていた。私は実はデモに加担していたのに、嘘をついていた。それは、デモに加担したら警察に連行されてもよいと認めていることになる。また、私が大学生ではないと強調するのも、大学生ならばむやみに警察に引っ張られてもよいという論理を肯定することになるかも知れなかった。

「それなら、どうしてここに来たんだ？」

彼が私に反問した。

「どうして来たのかって、捕まえに来たから捕まっただけですよ」

「あんた、職業は？」

彼がまた尋ね、私は一瞬、返答をためらった。

「物書きです」

「物書き？　何を書いてるんだ？」

「小説です」

私はわざと堂々とした声で言いつつも、彼が名前を尋ねやしないかと気がかりだった。名前を言えば「何だ、売れない小説家だな」と思われないか、内心では不安だったのである。幸い名前は聞かれなかった。名前はともかく、小説家ならちょっと厄介だと思ったのかもしれない。彼はしばらく煩わしげに顔をしかめたまま私を見ていたが、

「そんなら、帰りなさい」

と言った。

「え?」

「家に帰れと言ってるんだ」

逮捕された過程と、それまで受けた数えきれない殴打や脅迫を考えれば、ひどくあっけない結末だった。しかし私はそれ以上何も言わず、彼の気が変わらないうちに、庭に膝をついたまま両手を載せた頭を地面にくっつけている大学生たちを尻目に、警察署を抜け出した。股間が痛くて、アヒルみたいに少し脚を広げてよろよろ歩かなければならなかったことが、今も記憶に新しい。

「あの、先生《ソンセンニム(5)》」

警察署の正門を出て道を渡ろうとした時、背後で誰かが私を呼ぶ声が聞こえた。振り向くと、警察のバスの椅子の下で見た、例の男だった。彼もまた、大学生ではないという理由で簡単に解放されたらしかった。私は彼の様子を観察してみた。垢じみてくしゃくしゃのシャ

ツにくたびれたズボン、そして長時間、日光と土ぼこりの中で働いてきたらしい荒れた皮膚からすると、その日暮らしの労働者という印象だった。

「どう見ても学生には見えないのに、どうして捕まったんですか?」

「実は、道端で学生たちを犬ころみたいに蹴ったり殴ったりしているのを見て、我慢できずに叫んだんです。暴力反対! そしたら、お前は何だ、と言って押し寄せてきたんですよ」

彼が照れたように笑いながら言った。そして、「もともと俺はすぐ頭に血が上るたちで、でしゃばるのが病気みたいなもんなんで」とつけ加えた。

「私はいま腹が減ってて、どこかでソルロンタン(6)でも食べようと思ってるんですが、食事がまだなら一緒に行きますか?」

私がそう提案したのは、単に儀礼的な挨拶ではなかった。私は、声をかけてきた彼の目の光から、彼がとても話をしたがっていると気づいたのであり、私もまた、このまま家に帰ろうにも、胸に何かつかえたようで気持ちがおさまらなかったのだ。

近所のソルロンタン屋のテーブルを挟んで座り、私はようやく彼と簡単な挨拶を交わした。彼の履歴は、私の想像とあまり変わるところがなかった。名前は張炳万で、年は三十九歳、やったことのないものはないほど、様々な職業を転々としながら暮らしてきた、名実共に最下層の人間だった。彼は、私が物書きだというだけの理由で、こちらが気恥かしくなるほどぺこぺこした。

「さっき聞いたけど、小説家の先生だって。こいつは光栄なことで」

「何をおっしゃいます。誰も知らない、無名の物書きに過ぎません」

「それでも物を書くのは世の中で尊敬される仕事だし、俺たちみたいな無学な人間とは違いますよ」

「職業だの学歴だので人の値打ちが決まるわけではありません。それが民主主義ってものじゃないですか。そんな社会をつくろうとして、さっきのあの学生たちみたいな若い人たちが苦労しているんですよ」

「そうなりゃ、どんなにいいか。でも……」

彼は相変わらず卑屈な笑いを浮かべて、おずおずと言った。

「民主化だか何だか知らねえが、正直なところ、俺たちみたいな馬鹿が暮らすのに、たいした違いはありませんぜ。俺なんか、ただ、世の中が落ち着いてデモも減ってこそ、おこぼれにも与《あずか》れるってもんじゃないかね」

「民主化というものをそんなふうに考えてはいけません。大統領を直接選挙で選ぶのか、間接選挙で選ぶのかというのが民主化の全部ではなく、張兄《ヒョン》(7)のような方々が死ぬほど働いてもそれに見合う待遇を受けられない現実を直すのが、民主化なんです」

「けど先生、そんな世の中がほんとうにできるんですかねえ?」

彼が私の顔を見つめながら問い返した。

「一緒に努力しなければ」

私はそう言ったものの、彼にとってはあまり説得力のある答えではなさそうだった。ちょうどソルロンタンが来たので、先ほどのひとことですべてを言い尽くした彼は、スプーンを取り上げて食べ始めた。民主主義がどうなろうが、今は空腹を満たす一杯のソルロンタンのほうが、ずっとありがたいようだった。

ところで私がいま、あの日張炳万氏と交わした会話、彼のささいなしぐさや表情までかなり詳細に描写しようとしているのは、ほかでもない。少し後で明らかになるように、それ以後の張炳万氏はかなり違った姿に変貌を遂げてゆくのだが、彼の変貌ぶりをより正確に表現するためには、私が最初に出会った時の姿を、できるかぎり詳しく記しておく必要があるだろうと判断したからだ。

二度目に彼に会ったのは、それから数日後の六月十日だった。その日は、周知の通り「六・一〇大会」、正式名称では「朴鍾哲《パク・チョンチョル》君拷問殺人隠蔽操作糾弾及び民主憲法を勝ち取るための汎国民大会」[8]が開かれた日だが、その日の午後八時頃、私は偶然彼に再会した。その時、明洞聖堂[9]構内には、ざっと見て千人近い学生と市民たちが集っていた。彼らは皆、デモの開始時刻である午後六時から、市内の各所で警察と追いかけっこしつつ散発的なデモを行ない、以心伝心で集まった人たちだった。人々は、海で一つになった水のように互いを歓迎して抱き合った。

皆は身体を密着させて互いに押し合いへし合いしながらも、絶えず群衆が増えるのを願っていたし、だからしきりに声を合わせて「愛国市民よ参加せよ、フラー！　フラー！」(10)を歌ったりもしたのだ。隊列に合流し、ともに声を合わせ肩をぶつけ合えば、敢えてそれがどんな人なのか確認するために顔をのぞきこむ必要はなかった。ただ、自分と肩を組んでいる見知らぬ隣人との間に、胸がいっぱいになるような固い連帯感と共感が熱く流れていることが、生々しく感じられればよかったのだ。そしてその共感は、波のように人々の間に拡がっていった。

この瞬間だけは、すべての人が平等だった。身体が押し合う、一寸の隙もない密集状態で、誰もが隣人を自分自身と同じほど身近に感じたし、それと同時に説明しようのない、ある大きな安堵を感じていた。普段は道で他人と肩がぶつかっただけでも不快に思う人たちが、今はむしろ他の人と距離が開くことを恐れ、少しでも間隔を縮めるために近づこうとしていた。

人々は絶えず歌い、シュプレヒコールを叫んだ。一つの歌が終われば、誰かが別の歌やシュプレヒコールを始め、皆がためらいもせずに後について歌った。そんなふうに順調に進行していた流れを、少しのあいだ乱す小さな事件が起こった。「我々は勝利する」とかいう歌が終わった時、誰かが別の歌を歌い始めたのである。

男と生まれ、為すべきことは多くとも……

それは、誰もが知っている歌詞であり、あまりにも聞き慣れたものだったから、皆はほとんど無意識に、後について歌いそうになった。しかし人々はすぐに、その歌が、韓国の成人男性ならたいてい嫌というほど歌わされたことのある「男の中の男」という軍歌で、こうした場には全く似つかわしくないことに気づいた。軍部独裁を打倒しようというデモの現場で軍歌を歌うほど、滑稽なことがあるだろうか。ところが哀れなことに、そのことに気づかないでいるのは、その歌を歌っている本人だけのようだった。

お前と俺、国を守る栄光に生きた……

とても勇ましく高らかに、またそれなりの厳粛さと真剣さをもって歌っていたその声は、しかしそれ以上続けられず、四方から上がる「やめろ！」という揶揄と笑い声に埋もれてしまった。

「殺人拷問をする軍事独裁を終わらせよう！」

ぎこちない雰囲気を元に戻そうとするように、誰かがかん高い声で叫び、群衆の叫びが波のように続いて拡がった。

「終わらせよう、終わらせよう、終わらせよう……」

何か変な予感がしたのは、その時だった。振り返って例の「男の中の男」の主人公を探してみると、浴びせられた揶揄に当惑してまだ顔を赤くしている男は、果たして張炳万氏その人だった。

「あれ、知り合いですか？」

横にいた後輩が聞いた。その日の午後ずっと私と行動をともにしていた彼は、八〇年代の初めに刑務所に入ったことのある運動家で、今はある在野団体で働いていた。私が張炳万氏について簡単に話すと、彼は眼を輝かせて興味を示した。

「面白い人ですね。会ってみたいな」

隊列が何度も押しあいへしあいする間、我々は人々の間を縫って彼に近づいた。しかし私を認めた彼の顔は、会えてうれしいというより、何か恥ずかしいことをしていてばれたような、窮屈そうな表情だった。

「今日はわざわざ出て来られたんですか？」

「まあ、ただ見物でもしようと思って……」

私の勧める煙草を、彼はひどく腰をかがめて受け取り、言い訳するように言った。見たところ、こんな場に入り込んだ自分に対して、彼が自責の念を抱いているのは明らかだった。

実際、彼の身なりは、大学生とネクタイを締めた中産階級の市民が大部分を占めている周囲の人々に比べ、ちょっと目立つほど、みすぼらしかった。ことに彼は、今しがた勇気を出して歌を歌おうとして、思いがけず恥をかきもしたのである。彼は頭の後ろを掻きながら言った。

「俺みたいな無学な野郎はこんな時、ただ知らんぷりして家に閉じこもっていなきゃならんのに……」

「何をおっしゃいます。先生のような方が出ていかなければならないんですよ。十人の大学生よりも、先生のような人が一人いるほうが、ずっと価値があるのです」

機転のきく後輩が、横からさっと口を出した。

「おやまあ、先生だなんて……」

とんでもないというふうに手を振りながら彼は、それでもやはりその言葉に勇気づけられたのか、

「ほんとに、あの催涙弾ってのはえらく眼にしみますなあ。俺は催涙弾ってのがあんなにひどいって、初めて知りましたわ」

彼は少し意気込んだ声で、午後六時の降納式[11]のサイレンが鳴ってから今までの体験を、まるで武勇伝でも語るように話し始めた。後輩は、彼の話におかしなほど興味を示していたの

だが、その理由を、私は張炳万氏がちょっと席を立った隙に聞くことができた。

彼は現在、某出版社で新しい雑誌を発行するための準備をしていて、確固たる民衆の立場から民衆の声を代弁することになるその雑誌に、張炳万氏の話を載せたいと言った。一種の人物紹介という形式だが、歴史を変革する主体としての民衆像を描くのが狙いで、いっそのこと、私にその記事を書いてくれというのだった。もともと向こう見ずと言っていいほど実行力があるのに加えて粘り強い男だったから、私は断り切れなかった。ただ、張炳万氏に対する見方が場当たり的ではないか、張炳万氏が果たして、歴史の主体として立ち上がる民衆の一つの典型になれるだろうか、という疑問を提起してはみたが、むしろ張炳万氏のような人がぴったりだというのが、彼の主張だった。今まで政治や社会の矛盾に対して特に関心がなく、ただ劣等感に浸っていた人、すなわち他の人々と同じように、貧乏を自分の運命だと考えて暮らしてきた人こそ、社会全体の民主化の熱気とともに徐々に眼を開いてゆき、自分の階級的基盤や、人生を束縛しているものに気づいて、自らの力量に対し新しい認識を持ち始める、いわば歴史の主体として立ち上がる民衆の姿を提示し得る、というのだった。

「ひええ、俺がそんな所に出られるもんですか。俺みたいな出来そこないの、何のとりえもない人間が雑誌に出たら、みんなが悪口を言いますぜ」

私たちの意図を伝えると、彼は、とんでもないというふうに手を振った。しかし自分で言うようなでしゃばりの性格のためなのか、彼を説得するのは、それほど難しいことではなかった。

彼の故郷は全羅北道完州郡《チョルラプクトワンジュグン》の小さな村で、彼はそこで中学を出て以来、ずっと農業をしてきた農夫だった。千二百坪ほどの田と四百坪ほどの畑があったが、それも自分の土地ではなく、小作農だったそうだ。彼は農業があまりにもつらく、必死で働いても借金ばかりが残る希望のない仕事だということに気づき、七年前、三十一歳の時に家族を率いて当てもなく上京したのだという。

「布団だけ持って夜行列車に乗る時は、ほんとに青雲の志ってのがあったねえ。ソウルに来れば、何か新しい人生が見つかるんじゃないかって思ってた」

ソウルで彼は、他の離農民たちがそうであるように、都市の貧困層に編入された。そして数えきれないほど多くの職業を転々とした。日雇い労働はもちろんのこと、電車やバスの中でしみ抜き剤だの財布だのを売るセールスもしたし、薬の行商人について回ったり、うまく行けばまとまった金が入るという不動産の周旋屋になってみたりもした。失敗を重ねながらも、彼はソウルに来る時に抱いていた、いつかは自分の人生が今までとはまったく違うものになるだろうという夢、たとえばうんざりする貧しさと苦労を脱して、誇らしげに胸をはって生きていけるような、希望に満ちたその日が来るだろうという希望を捨てたことがなかった。しかしいつになっても新しい人生は開かれず、いくらあがいてもその場で足踏みをしていた。

「そうなるよりほかに、しょうがないんでさ。もともとかなわない夢だったんでしょうよ」

後輩が彼に言った。

「すでにとてつもなく拡大し、堅固になったこの資本主義体制が、張先生のそんな間の抜けた夢を受け入れるわけがありません。おそらくその夢がかなう日は、永遠に来ないでしょう。夢を邪魔しているものたちと、自ら戦わない限りはね」

いったい何を言っているのだというふうに、彼は眼をしばたたいた。後輩は今からでも、自分の思い通り、張炳万氏を自覚する民衆の姿に変えようとしているらしかった。

しかし結果から言えば、彼を自覚させるために私たちがわざわざ努力する必要はなかった。なぜなら、助けるまでもなく、彼は自らの力で変わっていったからである。それも、私たちの想像を遥かに超えるスピードで。

その日、明洞聖堂に集まっていた人々は、そこで夜を徹して籠城することを決議していた。その時までは、それが後に六月抗争の火種を最後まで燃え続けさせる重要な契機となり、全国的な注目の的になるだろうと予想した人は、ほとんどいなかった。夜が更けると、帰宅する人々もぼちぼち出てきたので、私も後輩とともにその場を抜け出した。そしてその途中で、私たちは張炳万氏と別れてしまった。

彼から電話がかかってきたのは、一週間近く過ぎてからだった。受話器を通して彼の声を聞いた時、私はただちに、何か以前とは違っていることに気づいた。

「李兄《イヒョン》、俺に一杯おごってくれないか?」

彼が私を、「李先生」と呼ばないで「李兄」と呼んだのは、それが初めてだった。しかし彼がどこか変わったようだと感じたのは、そのためではない。電話を通じて聞く彼の声には、何か得体の知れない力と自信のようなものがあったのである。

「おや、お変わりありませんでしたか? 一度も連絡をくれないで、今までどこにいたんです?」

「どこにいたかって? 明洞聖堂で座り込みしてたんだよ」

彼はすこぶる堂々とした声で言った。彼があの明洞聖堂の籠城に参加していたというのは、実に驚くべきことだった。

「たいへんだったでしょう。いい経験になりましたね」

「あれぐらい何でもないさ。俺より、外で戦ってくれた学生たちがたいへんだったね」

市内で再び会った時、私の言葉に対して、彼がにこりともせずに返した言葉である。彼の服装は前よりも一層くたびれ、顔も憔悴して見えたが、眼光だけはまるで別人のように輝いていた。

ともかく、彼にとってはその座り込みで過ごした数日間こそが、文字通り民主主義の生きた教育の場になったという訳だ。彼にはもう、初対面の時のあの気後れした卑屈な面影はなかった。

彼はまだ興奮の収まらない声で、座り込みで起こったさまざまなこと、すなわち市民たちの反応や、明洞一帯で働いているＯＬたちが義捐金やパンを持ってきてくれたことなどを聞かせてくれた。彼は自分がそれをやりとげたということに、大きな自負を感じているようだった。おそらく彼の生涯において、今ほど自負を感じたことは一度もなかっただろう、と私は思った。

「ところで最後の日、籠城を継続すべきか、やめて解散するべきかについて投票したんだけど、解散する方に票が集まったんだぜ。投票の前にはみんな最後まで戦うべきだと言ってたのに、ほんとに人の心なんて分からないもんだと思うと、むなしいねぇ」

そのむなしさを忘れようとしたのだろうか。彼はその後、続いて行なわれたデモの現場に必ず参加した。彼は今では、誰よりも熾烈に戦う闘士に変身しようとしていた。私は後輩から頼まれた記事を書くために、時折彼と会うことができたが、会うたびに彼が信じられないほど変身していると、認めざるを得なかった。私はその中でも特に、六・二九宣言が出されて数日後に会った彼の姿を忘れることができない。

彼に会ったのはセブランス病院[12]の霊安室の前だった。彼は腕に腕章をつけ、角材を持って霊安室の前で見張りをしていた。彼はそこに横たわっている李韓烈《イ・ハニョル》[13]君の遺体を守る警備組に所属していたのである。

「俺かい？　民主市民の代表としてここにいるのさ。今では、俺みたいな人間も学生と一緒に働き、ともに闘争してるんだ。これこそが民主主義ってもんじゃないか？」

一杯ひっかけたのか、もともと青黒かった彼の顔が、真っ赤な血の色に変わっていた。もちろん私は、彼が「闘争」だの「民主主義」だのという用語をすらすらと駆使しているからといって、もう驚きはしなかった。ただ、私は彼に初めて会った時に見た愚かで純朴そうな姿と、現在の堂々として攻撃的な姿の、どちらが彼のほんとうの姿なのだろうか、と訝ったまでのことである。

「まるで水を得た魚だな」

彼と別れて帰る道すがら、後輩がそう言った。その言葉の中には、どこか皮肉な調子が感じられた。奇妙なのは、張炳万氏の姿がそんなふうに変わってゆけばゆくほど、後輩の態度がきわめて冷ややかになっていったということである。彼はもはや、その記事に関しても、せかすようなことは何も言わなくなった。

その日以来、私はほとんど張炳万氏に会わなかった。世の中は忙しく移り変わり、特に大統領選挙が近づくにつれ、彼はさらに忙しくなったようだった。彼は自分が支持する野党の候補のため、それこそ熱狂的に走り回っていた。

彼から再び電話がかかってきたのは、大統領選挙の投票が締め切られた直後の夕方だった。受話器を通じて聞こえてくる彼の声は、とても焦って興奮していた。

「李兄、聞いたかい？　今日の昼、九老《クロ》区役所で不正投票箱が見つかったんだけど、市民たちはそれを守ろうとしているし、警察は奪おうとして大騒ぎになったそうだ。あいつら、選挙に負けそうだから悪あがきをしてるんだよ。今、警察とにらみ合ってて、噂を聞きつけた市民が数万人集まっているらしい。俺は今、そこに行かにゃならん」

それが、彼のかけてきた最後の電話だった。数日後、私は後輩から彼が拘束されたと聞いた。それも九老区役所事件に関してではなく、とんでもないことに、ある交番の警察官を殴りつけたからだというのだ。彼は選挙が終わった数日後、居酒屋で酒を飲んでいた時に、選挙の結果について隣の客と喧嘩になって交番に連行された。そこで彼は、交番の壁にかかっていた大統領の写真を剥がして引き裂いたあげく、とめようとする警官にまで暴行したというのが、後輩が聞かせてくれた事件の顛末だった。彼は、公務執行妨害と暴力行為等の処罰に関する法律違反の疑いで、拘束されてしまった。

彼が拘束されたという話を聞いて、私は彼の家を訪ねてみようと思った。しかし住所だけを頼りに彼の家を探すのは、そう簡単なことではなかった。何よりも彼の住んでいるところが上溪洞《サンゲドン》のうちでも、もっとも貧しい「タルドンネ」[14]と呼ばれる地域だったし、そんな地域がたいていそうであるように、迷路のようにくねくねした路地を境界にして、一つの番地に数十軒がごちゃまぜになっているような所だったからだ。三十分近く迷ったあげく、やっとのことで彼の借家を見つけることができた。ちょうど、小学校の五、六年生ぐらいの女の子が門の前に立っていた。顔が父親そっくりだった。

「君のお父さんは張炳万さんだね?」

子供は私の問いに答えもせず、ひどく警戒するような視線をこちらに向けていたかと思うと、突然家の中に駆け込んでいった。子供が入って行ったのは、塀に囲まれた、暗くひっそりとした部屋だった。子供は相変わらず警戒した視線を私から離そうとせずに、膝で這って行って、オンドルの焚き口近くにこんもりと盛り上がっている布団を静かに揺らし、「母ちゃん、誰か来た」と言った。それで私はようやく、その布団の中に埋もれているのが人間であることを知った。しかしその厚い布団のすそがめくれあがり、人間の頭が出てくるまでには、少し時間がかかった。まるで洞窟に潜んで外の様子をうかがう獣のように、髪がくしゃくしゃでひどく血色の悪い女が、布団をかぶったまま私を見た。彼女の顔は水に漬かった豆腐のようにむくんでいて、指でつつけば跡が残りそうだった。そのうえひどい黄疸で、病人であることはすぐに見てとれた。

「どんなご用ですかね？」

女が力のない声で聞いた。

「こちらは張炳万さんのお宅でしょうか？」

「そうだけど……」

女はさっきの女の子とまったく同じ目つきで、私をじろじろと見ていた。

「警察の人？」

彼女たちが私をそう思うのも無理はないだろう。私は急いで言った。

「違います。ただ、ちょっとした知り合いで……」

「今、いませんよ」

「いらっしゃらないのは承知しています。ただ、どんなふうにしてらっしゃるのか、心配になって来てみたんです。たいへんでしょう？」

しかし、女も子供たちもなかなか警戒を解こうとしないようだった。

「うちの人とどんな知り合いで？」

「あの……。ただ、よく知っている間柄です」

　すると、しばらく私を見つめていた女がふいに、

「もしかして、小説家の先生じゃないかい？」

と聞いた。

「私のことをお聞きになっていたんですね」

　女はうわの空でもつれた髪をいじりながら、ため息をついた。

「変な言い方だけど、うちの人は地面じゃなくて、雲を踏みながら生きてきたんだよ」

「雲を踏むって？」

「やることが、いつもとりとめのないことばっかり」

　女は身の上を嘆きつつ愚痴をこぼすように話し始めた。

「こうなると分かってたら、田舎を出てくる時について来なかったのに。ソウルに行きさえすりゃ、何か運が開けるみたいに言うから……。ソウルに来てからでも、何か一つの仕事をやり続けてれば、ここまで苦労はしてないよ。この商売は大金が入るとか、あれをやったらいいらしいとか。毎回、今度の仕事がうまく行けば運が開けると大口をたたいてたけど、一度だってうまく行ったためしがない。だまされたんだって、一度や二度じゃすまないよ」

「一生懸命働こうとしても、うまく行かなかったんでしょう」

「今の今まで、幻みたいな夢を追って生きてきた人なんだ。それが、今度はいきなり、何を

思ったのか……。政治とか何とか言いながらほっつき歩いて、結局あんなふうになっちまって。世の中を変える？　どうやって自分の力で世の中を変えるってんだよ？」

私は何と答えていいのか分からなかった。子供たちが私の顔をじっと見つめていたから、私は訳の分からない恥ずかしさを感じないではいられなかった。

「言わないつもりだったけど……。ずっと思っていたことだから、言っちまわなきゃ」

私が席を立った時、彼女が最後に言った言葉だった。

「あの人があんなになったのは、たぶん先生みたいな人たちにも、ちょっとは責任があるんじゃないかね。恨んでるんじゃないから、忘れて下さいよ」

何のことを言っているのか、はっきりとは分からなかった。私のような人間が、張炳万氏に政治への興味を持たせたということだろうか。あるいは、私のような人間が世の中をこんなにしてしまったという意味なのか。しかしそれが何を意味するのであれ、私は何も答えられないで、その家を辞してしまった。タルドンネの急な坂を下りる途中、私は小さな店に入ってインスタントラーメン一箱と米二升を買い、彼の家に届けさせた。無論、それによって彼女の言うところの私の「責任」を、いくらか軽くできると思った訳ではない。

私が張炳万氏の家を再び訪れたのは、拘束されてから三カ月後に、彼が執行猶予で出てきた数日後だった。私はわざわざ彼に会うために夜遅く行ったのだが、部屋には張炳万氏と子供たちだけが布団をかけて寝ており、奥さんは見当たらなかった。布団は、この前に奥さんがかぶっていたものである。

「奥さんはどこかに行かれたんですか？」

「ふん、女房の行き先なんぞ、知らんね」

いらいらしたように言うので、私はそれ以上聞くことができず、ひょっとすると彼女は、病身をおして家政婦の仕事でもするために出かけたのかも知れないと想像した。

彼は近所の店で焼酎でも一杯やろうと言い、のそのそと上着をひっかけた。冷たい夜風に当たりながら歩いていく間、彼はひとことも口をきかなかった。岩のように黙り込んで歩く姿は、得体の知れない威圧感を私に与えていた。彼がやっと口を開き始めたのは、その地域にあるみすぼらしい飲み屋で、酒を何杯かがぶ飲みした後のことだ。

彼の言うところによれば、今度の選挙は前もって緻密に計画された不正選挙で、特に投開票の過程は、最初から最後までコンピューターによって完璧に操作されており、このすべては軍事独裁政権とアメリカの合作だそうだ。もちろん、そんなことは彼から聞かされるまでもないから、私はいっこうに驚かなかった。

「それで張兄はこれからどうするんです？」

「どうするって、何のことだ？　戦わなきゃ」

私の質問に、彼は躊躇せず、断固として答えた。

「もう、政治家も何も信じられん。俺みたいなほんとうの民衆が出て行かなければならんのだ。今に見ておれ、俺の手で世の中を変えて見せるから」

「戦うのもいいけれど、要は一人でどうやって戦うのかってことです。何かの組織がある訳じゃなし」

「組織？　組織たあよく言った。組織は大切だ。光州抗争の時も、俺みたいに貧乏で学のない底辺の人間ばかりが、無念の死を遂げたっていうからな。ところで、兄は、俺に組織をつくって戦えっていうのかい？」

「そうじゃなくって、張兄がそれぐらい現実的な力がないということですよ。だから張兄のような人がいくら一人で戦うと言ったところで、何が変わるのかっていうんです」

「要は、俺みたいな無学な人間が、何を偉そうに沙魚《ハゼ》みたいにばたばた跳ねてるんだってことか？　鼠みたいに、おとなしく他人のすることを見物して、餅のかけらか何か恵んでもらって、ありがたく食ってろって言いたいのか？」

彼の声が大きくなった。

「私が言いたいのは、張兄も今まで充分すぎるほど戦ったから、これからは一度、周りを見回す余裕を持たなければならないんじゃないかってことです。自分自身のことも一度見直して」

「自分自身を見るだと？　俺の姿がどうだってんだ？」

彼はかっとなって大声を上げた。私はその瞬間、私を真っ直ぐににらみつけているその眼が、尋常ならざる鋭い輝きを放っているのを見た。後になって思えば、それは彼が私に向かって発した最後の赤信号だったのだ。したがってそこら辺で私の話を適当に切り上げていたら、おそらくその直後の不祥事は防げたはずだ。しかし私はその時まで、彼がいくら聞く耳を持たなくても、また彼がそれまでいくら政治意識の洗礼を受けたといっても、私が彼のために人間的な忠告を少しばかりしてやることはできるだろうという、分不相応な優越感のようなものを抱いていたようだ。それが失敗だった。

「張兄の暮らしが苦しそうだからですよ。食べていくのもやっとなのに、家族の生活をほったらかしにして、外をうろついてていいんですか？　民主主義も運動もいいけど、家族が当座食べる物もないんだから、自分の暮らしをまずちゃんとしなきゃ。さっき張兄が言ったように、貧乏で学もない、日雇労働者に過ぎない張兄みたいな人が民主主義を叫んで刑務所に入ったからといって、誰かが認めてくれるとでも思ってるんですか？」

言い過ぎた。話し終える前に、私はそう感じた。最後の言葉は言うべきではなかったのだ。案の定、彼がテーブルを蹴飛ばしそうな勢いで立ち上がり、声を荒げた。

「この野郎、黙って聞いてれば、いい気になりやがって！」

次の瞬間、私は頬に一撃をくらい、あおむけに倒れてしまった。彼が私の顔を殴ったのだ。悲鳴を上げる暇もなく飲み屋の床に倒れ、上を見上げていると、今度はばしゃりと冷たいものが浴びせられた。彼が前にあったコップのビールを、私の顔にぶっかけたのである。

「今思えば、あんた全斗煥《チョン・ドゥファン》の手先みたいな奴だな。おい、この野郎。このあいだ俺が刑務所に入っていた時、検事とかいう奴が何を言ったと思う？　今あんたが言ったのと、そっくり同じことを言ってたぜ。俺は最初っから、あんたも結局同じような手合いだとにらんでた。俺に向かって、水でも飲んで頭を冷やせと言いたいんだろう。馬鹿なこと言うな。頭を冷やさなきゃならんのは、俺じゃなくて、学のあるあんたらだ。あんた、ちょっと前にうちにラーメンをほうりこんで行ったそうだが、誰がそんなこと頼んだ？　あんたの眼には、この張炳万があんたみたいな奴らから同情されて、ああ先生、おありがとうございます、なんて言いそうに見えたか？　笑わせるなってんだ。いったいあんたの正体は何だ？　小説家？　ふん、小説家のはしくれなら江南《カンナム》のルームサロンにでも行って、飲み屋のねえちゃんが淫売する話でも聞いてりゃいいのに、何だってこんな所までのぞきに来るんだ。ここはあんたみたいな野郎の来る所じゃない。小説のネタを探すなら、他の所で探せ。俺の言うことが分かるか？」

私はひとことも言い返せなかった。答えるどころか、顔にたらたらと流れ落ちるビールを拭くことすら思いつかず、休みなく浴びせられる彼の言葉をひたすら聞いていなければならなかった。思いがけない災難ではあったが、私は不思議なほど、腹が立たなかった。私はむしろ、まるでこんな結末をあらかじめ予想していたような、奇妙な感じにとらわれていた。信じられないかもしれないが、その時私は、ビールでびしょ濡れになったまま、あらゆる侮辱の言葉を浴びせかけられながらも、むしろ、ある言いようのない快感すら感じていたのである。彼がとどめを刺した。

「何？　他人がどう見るかだって？　てめえらこそ、ひと目を気にして神経すり減らしながら豊かに暮らしてろ。この独裁政権のチンピラ、ヤンキーの手先野郎！」

そして彼は、飲み屋のガラス戸をぐいと開けて出ていってしまった。古いガラス戸がけたたましく開け閉めされる音が、彼が残した言葉の末尾に、とても効果的な感嘆符をつけたように思った。開いたガラス戸から、冷たい夜風が容赦なく吹き込んできた。私は、飲み屋の前のごみごみした路地を、振り返りもせずに歩いてゆく彼の後ろ姿を見守っていた。彼は若干ふらついてはいたものの、急な坂のてっぺんにあるタルドンネに吹きすさぶ夜風を、全身で押し戻すかのようにすたすた歩きながら、にわかに路地に響き渡るような大声で歌い始めた。

五月！　その日がまた来れば我らの胸に赤き血が湧き上がる……

そして彼は握りしめた拳を突き上げ、思い切り声を張り上げた。

赤き血！　血！　血！

「まあ、どうしよう。楽しく飲んでいたのに、喧嘩だなんて」

あとから駆けつけた飲み屋のおかみが、大げさに騒ぎ立てた。

「見たところ、品のいい旦那のようですが、まあ勘弁してやって下さいよ。学のあるほうが我慢しなきゃ、仕方ないでしょう？　あの人、この頃たぶん正気じゃないんですよ。女房には逃げられるし……」

「奥さんが逃げたって？」

「ご存じなかったんで？　十日ほどになりますねえ。亭主が刑務所に入ってた時は苦労しながらでも待ってたんですけど、出てきてからもちっとも変わる様子が見えないし、前より一層つけあがってるんで、堪忍袋の緒が切れたんでしょ。私が言うことじゃないけど、それでも女房が今までよく耐えましたよ。食べていくのもやっとなのに、身の程もわきまえず政治だの何だのと言って刑務所のお世話にまでなったんだから、どんな女だって愛想つかしますよ」

おかみの言葉に、私は何も言えなかった。

「あの人、今では本当にとんでもない夢を見ているんですよ」
ふと、前に彼の妻が絶望の表情で吐き出した言葉が思い浮かび、「俺の手で新しい世の中をつくるんだ」と言っていた彼の言葉も、同時に思い浮かんだ。ともあれ、その年に私が張炳万氏を見たのは、それが最後だった。

私が張炳万氏に再会したのは数日前、つまりあれから二年近い歳月が流れた後のことだ。そしてその場所は、偶然にも、彼と私が最初に出会った明洞だった。

私は今でも明洞を歩くたびに、何と言うか、まるで失った昔の恋人の思い出がしみついた場所を再び訪ねているような感じにとらわれる。無意識にその追憶の痕跡をたどってはみるが、それでもあの年の六月から二年あまりの年月が過ぎた明洞は、すでに情熱の消えてしまった街、あの輝かしい神話が色褪せた街に過ぎなかった。ところが数日前、その街で私は、人々が道をふさいで輪になっている光景を見かけた。何があったのか、道路わきには鉄の網が見苦しくかぶせられた警察の護送バスが止まっていて、ヘルメットをかぶった戦闘警察が陣を張っていた。私は人々の間を縫って入り込み、ようやく、この明洞の真ん中で何が起こっているのかを知ることができた。撤去反対のデモを繰り広げている露天商たちを、戦闘警察が強制的にバスに乗せていたのである。戦闘警察に引っ張られながらも、彼らは喉も裂けよとばかりにシュプレヒコールを叫んでおり、「生存権を守れ！」「貧民も人間だ。殺人撤去とは何事だ」などのプラカードが道に散乱していた。

ところで、驚いたのは、その露天商の中の一人の男の姿だった。彼は鉄の鎖で自分の体をぐるぐる巻きにし、それを自分のリヤカーとつないでいたのである。彼のリヤカーには、りんごや蜜柑などの果物がみすぼらしく並んでいただけだが、彼の手足を切り落とさない限り、誰も彼の身体から、そのリヤカーを切り離すことができなかった。彼の顔を見た瞬間、私は息が止まりそうだった。それはまさに張炳万氏その人だったのである。

「まあ、ひどい。どうしてあんなことができるの！」

一人の若い女が、舌打ちをしながらため息をついた。ほんとうに、それは人間の姿であるとは言えなかった。地面に垂れ下がったままずるずる引きずられている彼の姿は、地を這いながらリヤカーを引く動物の姿を連想させるものだった。不思議なことに、ほかの露天商とは違って、彼はまったく口を閉ざしていた。彼は眼をむいて、あたかも恐るべき苦痛に耐える修道僧のように何の抵抗もせず、ただ引きずられていた。私は戦慄した。彼は今、引きずられているのではない。むしろ彼自らが引っ張っている。全身を地べたに投げ出し、この世の重さを自分一人の力で押し返しているのだ。私は彼がどこに向かおうとしているのか、分かるような気がした。

もう、このつまらない話を終わりにしなければならない。彼の記事を書くという約束を、私は遅まきながら果たしたことになる。むろん張炳万氏がこれを読んだら、決していい顔はしないだろう。しかしこんなふうにしか書けないのが、彼の言葉を借りて言えば「学のある小説家のはしくれ」の限界であるし、またその程度には真実なのだから、仕方がないではないか。

最後に、蛇足に過ぎないが、最初に彼の話を雑誌に載せようとしたあの後輩は、現在ある有名な女性雑誌社に就職し、敏腕記者として活躍しているという事実をひとつ、付け加えておこう。

訳註

（1）韓国では一九八七年六月十日から民主化を求めるデモなどが大規模に繰り広げられ、同月二十九日に全斗煥政権が、大統領直接選挙制を実現するための憲法改正などの民主化措置を約束する「六・二九宣言」を出して一応の終結を見た。

（2）スパイに対する作戦や警備、治安維持などを受け持つ警察隊。徴兵された者、あるいは兵役の代わりとして志願した者が、陸軍で訓練を受けて警察に出向する。

（3）大統領直接選挙制実現のための憲法改正を求める民主化運動の高まる中で、全斗煥大統領は一九八七年四月十三日、「今年度中の憲法改正論議の中止」と「現行憲法に基づく次期大統領の選出と政権移譲」

を主旨とする「四・一三護憲措置」を発表した。デモをする学生たちは、この「護憲措置」に反対している。

（4）軍事独裁政権時代、民主化運動弾圧にかり出された私服のデモ弾圧部隊の俗称。白いヘルメットをかぶっていたことに由来する。

（5）韓国では「先生《ソンセンニム》」は教師、医師といった職業だけではなく、広く一般的な敬称として用いられる。

（6）牛の骨、肉、内臓などを長時間煮込んでつくるスープ。

（7）男性が同年輩の男性の友人を呼ぶときの敬称。

（8）ソウル大学の学生朴鍾哲（一九六四〜一九八七）は一九八七年一月に治安本部に連行され、拷問を受けて死亡した。

（9）韓国カトリックの中心となる大聖堂。民主化運動の根拠地の一つでもあった。

（10）一九七〇年代から八〇年代にかけて、韓国民主化運動のデモ参加者は、通称「フラーソング」と呼ばれる歌をよく合唱した。作詞、作曲者は知られておらず、その時に応じて「朴正熙《パク・チョンヒ》は退陣せよ。フラー！フラー！」「全斗煥は退陣せよ。フラー！フラー！」などと歌詞を変えて歌われた。この「愛国市民よ……」も「フラーソング」の歌詞だと思われる。「フラー」は特に意味のない言葉で、単なるかけ声らしい。

（11）韓国語は「下旗式」。公共機関などに掲揚された国旗を降納する儀式。すべての国民が気をつけの姿勢で立ち止まり、国旗に敬意を表さなければならないとされた。

（12）ソウルにある延世大学付属病院。

（13）延世大学学生、李韓烈（一九六六〜一九八七）は、朴鍾喆拷問致死事件に抗議する闘争の中で戦闘警察の発射した催涙弾を後頭部に受け、一カ月後に死亡した。翌月「故李韓烈烈士民主国民葬」が行なわれ、全国で一六〇万人が参加した。

（14）文字通りには「月の町」を意味し、高台の貧民街をいう。

著者

李滄東（イ・チャンドン）

1954年、大邱生まれ。慶北大学卒。83年に中篇「戦利」が東亜日報新春文芸に当選して小説家としての活動を始め、民主化運動にも携わる。小説集『焼紙』『鹿川には糞が多い』、邦訳に「焼紙」など。韓国日報創作文学賞受賞。また97年の「グリーンフィッシュ」を始め、「ペパーミント・キャンディ」「オアシス」「シークレット・サンシャイン（原題「密陽」）」などで多くの国際的な映画賞を受賞した映画監督でもある。2010年のカンヌ映画祭では「詩」が脚本賞を受賞。第6代文化観光部長官、韓国芸術総合学校映像院教授を歴任。

訳者

吉川 凪（よしかわ なぎ）

大阪生まれ。新聞社勤務を経てソウルの延世大学語学堂に留学の後、仁荷大学国文科大学院で博士号取得。日本と韓国の近代文学に関する論文を執筆。現在は翻訳業のかたわら複数の大学で非常勤講師を務めている。著書『朝鮮最初のモダニスト鄭芝溶』（土曜美術社）、訳書『ねこぐち村のこどもたち』（廣済堂）など。

『いまは静かな時—韓国現代文学選集—』
2010年11月25日発行
編集：東アジア文学フォーラム日本委員会
発行：株式会社トランスビュー　東京都中央区日本橋浜町2-10-1
TEL. 03(3664)7334　http://www.transview.co.jp